MANKPADPATH

La Terreur des Carpates

Du même illustrateur aux éditions Petit à Petit

Eric Héliot

Collection "Mine de Rien"
Celui qui est amoureux
Celui qui a le ballon
Celui qui est nouveau
Celui qui rêve
Celui qui est malade
Celui qui regarde trop la télé
Textes d'Olivier Petit
Celui qui a une petite sœur
Texte de Sophie Peillet
Celui qui a tout
Texte de Philippe Menestret

Collection "Chansons en bandes dessinées"
Album collectif
Boris Vian
Serge Gainsbourg
Boby Lapointe
Jacques Higelin

Des mêmes auteurs chez d'autres éditeurs

Eric Héliot

Les Muses
Scénario de Doug Headline et Laurent Duvault
Editions Zenda

La nuit et le jour
Très grand - Très petit
Tout noir - Tout blanc
Le cirque
L'orchestre
Textes d'Hélène Montarde
Editions Milan

Pierre Le Gall

Jabert contre l'Adversité
Dessin d'André Geerts - Delcourt
Nestor Coperin et le Médium Hanté
Dessin de Benoi - Rêves en Bulles
La fin du monde et autres petits contes noirs
Dessin de F. Le Gall - Dargaud
La biologiste n'a pas de culotte et autres petits contes noirs
Dessin de F. Le Gall - Dargaud
Submerman et l'aù-delà de l'eau
Submerman et le grand cloaque
Submerman à New York
Dargaud
Le Cancre et les Martiens
Conte illustré par Eric Héliot - Mango Jeunesse
L'Homme aux 1000 Vies
Roman illustré par Eric Héliot - Biblio Mango

petit à petit
B.P. 75 - 76162 DARNETAL Cedex
Tél. 02 35 08 22 15 - Fax 02 35 08 79 57
www.petitapetit.fr • contact@petitapetit.fr

Loi n° 49-956 du 16 juillet 1949 sur les publications destinées à la jeunesse.

Gravure réalisée par NUMERI'SCAN 76 à Darnétal
Achevé d'imprimer en Août 2003 chez PROOST en Belgique
Dépôt légal : Septembre 2003 - ISBN 2 - 914401 - 74 - 4

Une aventure d'Alexandre et Rufus

MANKPADPATH

La Terreur des Carpates

Une histoire de Pierre Le Gall

illustrée par Eric Héliot

petit à petit

• Chapitre 1 •

Le Plan d'Aristide Crocoridiculos

Il n'était pas une fois !

Il n'était pas une fois parce que, bien au contraire, c'était une habitude, cela était arrivé dix fois, cent fois, mille fois !

Donc, comme à l'habitude, un petit garçon riche du nom d'Alexandre traînait dehors avec son ami Rufus, au lieu de travailler à la maison comme le voulaient ses parents.

Et tout cela déplaisait fortement à son père, Monsieur Beaumanoir.

Monsieur Beaumanoir était un homme très riche et très puissant. Il possédait trois usines, un château et un fort mauvais caractère.

- Pouvez-vous me dire, Henriette, où se trouve votre fainéant de fils en ce moment ? Hein ? Le pouvez-vous ?

C'était Monsieur Beaumanoir qui rugissait ainsi, tout en faisant des tours et des ronds dans le salon de son château.

- Non, Alfred. Avec la meilleure volonté du monde, je ne le peux pas.

C'était Madame Beaumanoir qui lui répondait d'une voix douce et calme, car Madame Beaumanoir était ainsi : douce et calme. D'ailleurs, seule une femme merveilleuse pouvait supporter Monsieur Beaumanoir et ses colères.

- Eh ! Bien ! Je vais vous le dire, moi, Henriette, où se trouve votre fils ! Comme à l'habitude, il traîne dehors avec cet imbécile de chat des rues... ce... ce... ce... comment s'appelle-t-il déjà ?
- Rufus. Il s'appelle Rufus.
- Oui, peu importe ! Il traîne avec cet hurluberlu alors qu'il devrait être ici ! Son professeur de violon l'a attendu une heure durant et maintenant, c'est au tour de son professeur de bonnes manières de faire le poireau dans notre hall.
- Je sais tout cela Alfred, mais Alexandre n'est qu'un enfant, il a bien le droit de...
- Non, très chère, Alexandre n'est pas un enfant. Alexandre est MON fils et le fils d'Alfred Beaumanoir ne peut pas être un traîne-savates ! Un cancre ! Un aventurier ! Mon fils sera le meilleur ou ne sera pas ! Mais croyez-moi, je me suis laissé marcher sur les pieds assez longtemps par votre petit freluquet de fils, maintenant je vais reprendre en main ce garçon ! Aujourd'hui même, j'attends la visite de quelqu'un qui...

DING DONG

fait la sonnette de la porte d'entrée, interrompant Monsieur Beaumanoir.

- Ha! D'ailleurs le voilà ! Parfaitement à l'heure ! J'aime cela !
- Voilà qui, mon ami ?
- Voici Aristide Crocoridiculos, le détective privé !

Mais Monsieur Beaumanoir ne prend pas le temps d'expliquer ces choses à son épouse et se précipite vers la porte d'entrée pour accueillir son invité.

- Monsieur Beaumanoir, je suis enchanté de fai...
- Oui, oui , moi aussi ! Suivez-moi dans mon bureau, nous y serons mieux pour discuter !

Monsieur Beaumanoir attrape Crocoridiculos par la cravate et l'entraîne ainsi dans son bureau.

- Mon fils me rend fou. Un jour, ce garnement devra me remplacer à la tête de mes usines. Il devrait travailler dur pour être à la hauteur d'une telle destinée, mais non, ce vaurien n'a qu'une seule chose dans le crâne et savez-vous ce que c'est ?
- Je...
- L'aventure, Crocoridiculos ! Voilà le nom de sa maladie. C'est une obsession chez lui. Cet enfant passe son temps à lire des récits d'aventure et à courir dans les bois avec un certain... comment s'appelle-t-il déjà ? Un gros chat stupide et sans famille. Un vagabond ! Enfin bref. Maintenant mon fils rêve d'aller sur la Lune ! Il rêve de tuer des dragons, de sauver des princesses, de combattre des cannibales et je ne sais quoi encore.
- Oui oui, vous m'avez expliqué tout cela au téléphone, Monsieur Beaumanoir, mais je ...
- Vous allez lui en donner pour son argent, à ce gosse ! Vous allez le dégoûter de l'aventure à tout jamais ! Vous l'attirerez dans un piège et lui flanquerez une trouille de tous les diables. Oui, une trouille telle, qu'il guérira pour toujours de sa maladie aventurière !
- Mais, oui, Monsieur. Justement, tout est prêt et je dois dire que mon plan est des plus astucieux. Harf ! Harf ! Nous pouvons le mettre en pratique aujourd'hui même si vous le désirez...
- Excellent ! Excellent !

Hum ! Laissons-là, Monsieur Beaumanoir et Aristide Crocoridiculos et faisons connaissance avec Alexandre et Rufus.

- Tu ne connais pas ta chance, Rufus. Tu ne connais vraiment pas ta chance.
- Bah... Pourquoi ?
- Tu es libre, toi. Tu n'as pas de parents toujours sur ton dos. Personne pour te condamner à une vie stupide dans un bureau, à diriger des usines tristes et sombres. Tu peux vivre une vie d'aventures si tu le veux.
- Bah... tu sais... moi, z'aimerais bien que z'ai une maison où qu'est-ce que ze pourrais avoir chaud l'hiver... avec une cheminée... et une maman, aussi, et pis même qu'elle m'apporterait des tasses de chocolat chaud et pis, elle m'raconterait des belles histoires. Aussi, je dormirais dans un lit tout mou...
- Bah. Tu ne sais pas de quoi tu parles, Rufus. Les cours de violon et de bonnes manières. Les cours d'arithmétique et de géographie. *"Et ne mets pas tes doigts dans ton nez."* *"Embrasse tante Gertrude"* qui a du poil au menton et sent le saucisson à l'ail ! *"Va te coucher, il est tard."* C'est une vie d'esclave ! Non, mon vieux, rien ne vaut une vraie vie d'aventures. Combattre des vampires et des ogres. Sauver des princesses. Dériver dans l'espace et réparer sa fusée avec un canif et un bout d'élastique... Ecoute. C'est cinq heures qui sonnent au clocher du village ? Bon sang, je vais encore me faire enguirlander par mon père !
- Oh... ze te raccompagne chez toi...

- Allons, prenons la fusée et dépêchons-nous... quelle barbe ! J'aurais bien passé la nuit dehors. C'est pleine lune ce soir et je suis sûr que la campagne sera pleine de loups-garous à combattre.

- Tu sais, Alexandre... z'aime pas beaucoup quand c'est qu'tu parles de monskres et de choses comme ça... moi, z'ai peur des monskres et surtout des eskelettes ! Z'ai peur toutes les nuits quand c'est que ze dors à la belle étoile...

- Mon pauvre vieux. Quand je serai grand et que je ne serai plus obligé d'obéir à mon père, nous serons aventuriers et nous aurons une belle roulotte et c'est toi qui aura le lit le plus confortable ! Bien sûr, nous dormirons dans la journée, parce que c'est la nuit que nos ennemis rôderont à la recherche de leurs proies, surtout les vampires, les loups-garous et les goules...

· Chapitre 2 ·

Il faut sauver la princesse Rosalinde !

- Psst ! Monsieur Crocoridiculos, ils approchent.
- Ha ! Parfait, tous en place ! Vous vous souvenez de vos textes ? Pas de cafouillage.
- Monsieur, vous nous insultez ! Nous sommes comédiens, c'est là notre profession ! C'est là notre art et notre raison de vivre. Sachez qu'en vingt ans de scène à travers le monde...
- Oui, oui... vous m'expliquerez tout cela plus tard. Pour l'instant, tous en place.
- Les voilà !
- Allez-y !

Quelle tristesse pour Alexandre de devoir rentrer chez lui, au château de ses parents. Ce n'est pourtant pas l'envie qui lui manque de mettre les gaz de leur splendide fusée, de quitter le chemin et de partir explorer les bois environnants. Mais soudain, de fortes voix résonnent sur le bord du chemin.

- Ha ! Ha ! Ha ! Notre maître va être satisfait de nous !
- Ça y est, vous avez livré le paquet ?

Ces voix viennent d'un petit bosquet d'arbres non loin de là.

- Qu'est-ce que c'est ? Allons voir Rufus... approchons discrètement...
- Bah, pour quoi faire ?
- Chut ! Ecoute...

Les voix reprennent de plus belle :

- Oui, nous avons bien remis la princesse Rosalinde aux serviteurs de Terrifiscü le vampire, à l'endroit prévu.
- À la grotte des Maléfices ?
- Celle-là même !

- Et... vous l'avez trouvée sans mal la grotte des Maléfices où vous avez livré l'infortunée princesse Rosalinde aux serviteurs de Terrifiscü le vampire sanguinaire ?
- Nous l'avons trouvée le plus facilement du monde. Tu vois ce chemin sur la gauche ? C'est au bout de ce chemin que se trouve la grotte des Maléfices.
- Hum ! Et c'est de là que partent les souterrains qui mènent tout droit au château de Terrifiscü le vampire sanguinaire ?
- Exactement. Tout droit ! Au bout de ce chemin-là, à gauche, se trouve la grotte des Maléfices. De cette grotte partent les souterrains qui mènent au château du terrible vampire Terrifiscü le sanguinaire.
- Ha ! Ha ! Et il nous paiera grassement pour l'enlèvement et la capture de la belle princesse Rosalinde !
- Grassement, en vérité, tu l'as dit, c'est bien cela ! Et l'infortunée princesse Rosalinde doit être maintenant entre les griffes de l'épouvantable vampire et elle ne peut compter sur personne pour la tirer de ce mauvais pas !

- Bon, bon... je ne te cacherai pas que je suis le plus heureux des brigands ce soir, à l'idée que je vais être grassement payé pour la capture de l'infortunée et belle princesse Rosalinde que nous avons livrée aux serviteurs de l'effroyable Terrifiscü le vampire sanguinaire !
- Ha ! Ha ! Oui ! Car nous l'avons bien livrée ! Juste au bout de ce chemin, là, sur la gauche !
- Parfait ! Disparaissons, maintenant !
- Et laissons l'infortunée princesse...
- Et belle !
- Hein ?
- L'infortunée et belle princesse !
- Oui, bien sûr ! Laissons l'infortunée et belle princesse à son triste sort !

- Nom d'un p'tit bonhomme ! Tu as entendu, Rufus ?
- Bah... oui, mais z'ai rien compris...
- Une infortunée et belle princesse a été enlevée par des brigands ! Ces scélérats l'ont livrée à un épouvantable vampire ! Un vampire ! Tu entends cela ?
- Sapristouille ! Mais ça exiske pas pour de vrai les vampires...
- Ah non ? Et bien, va dire cela à l'infortunée princesse Rosalinde qui est entre les griffes du terrible... Terrifiscü, je crois... oui, Terrifiscü le vampire sanguinaire et sans pitié !
- Il va boire tout son sang, tu crois ?
- Hum... ou alors, il veut en tirer une bonne rançon... j'espère que ce n'est que cela et qu'il ne compte pas la dévorer toute crue. La malheureuse !
- Tou... toute crue ? La dévorer ? Oooh là-là... moi, j'ai déjà la trou-trouille.
- Rufus ! C'est l'aventure qui nous appelle ! Le destin propice nous offre une occasion de montrer tout notre courage !
- Oooh là-là ! Quel courage ? Moi z'ai la trou-trouille !
- Toute ma vie, j'ai attendu une pareille chance ! Et l'aventure est là, au bout de ce chemin... sur la gauche. Nous devons voler au secours de la princesse Rosalinde !
- Oooh là-là... par les moustasses de mon oncle Félix !
- Et sans perdre une minute, Rufus !

• Chapitre 3 •

La Grotte des Maléfices

- Mais qu'est-ce qu'ils fabriquent ? Ils devraient déjà être là.
- Les voilà, ils approchent !
- Tous en place ! Vous vous souvenez de tout ?
N'oubliez pas, vous devez les terrifier à un point tel...
- Monsieur...
- Oui, oui, je sais : c'est là votre métier de comédien et vous êtes de vrais professionnels... d'ailleurs, vous me coûtez assez cher. Allons, enfilons les costumes et vite !

- Tu savais qu'il y avait une grotte
dans les parages ?
- Oui ! Même que z'y ai dormi souvent.
Ze savais pas qu'est-ce que c'était la grotte
de Terriskifü le vampire !
Ça m'fait tout froid dans mon dos !
Moi, ze l'appelais la grotte à la sauve-souris,
paske y avait une pitite sauve-souris qui vivait là...
Moi, z'ai pas peur des sauve-souris !
Mais si z'aurais su qu'y auraient des souterrains de vampire dedans...
- Ne t'inquiète pas, j'ai lu beaucoup de livres sur les vampires. Je sais comment y faire
avec ces gens-là. Regarde... une pancarte... avec une flèche...
- Bah... ze l'avais zamais remarquée.
- Nous y sommes ! Un peu de courage, maintenant. Eh bien ? Que fais-tu ? Suis-moi.
- Alexandre... z'ai krop peur du danger !
- Ne sois pas bête ! Et puis, tu vas finir par me flanquer la trouille avec toutes tes simagrées.
Viens, donne-moi la main, si ça peut te rassurer.

Cachée au milieu des ronces et
des fougères, la grotte est bien là.
Quelques rayons de soleil
qui parviennent à percer
les arbres voisins éclairent
les premiers mètres de son entrée.
Plus loin, il règne
une inquiétante obscurité.

- Oooh, lala... z'aime pas ça...
- Chut ! Avançons doucement...

Et soudain :
- Un eskelette !
- Mon Dieu ! Nooon !

Derrière eux, deux épouvantables spectres viennent d'apparaître.

- Aaaaah ! On ne peut plus sortir !
- Au secours !

Puis, brusquement un bruit assourdissant retentit.

- Aaaaah ! Au secours !

Que s'est-il passé ? Ce vacarme faisait-il partie de la mise en scène de Crocoridiculos ? On n'entend plus Alexandre et Rufus ! Où sont-ils passés ? La grotte est pleine de poussière qui vole et l'obscurité est maintenant totale !

- Waarf ! Waaarf ! Qu'est-ce que c'est que ça ? J'ai plein de poussière dans la gorge !

Crocoridiculos retire à la hâte son masque de squelette, sa gorge le brûle atrocement et ses deux complices sont dans le même état.

- Je ne vois plus rien. Qu'est-ce que c'était que ce bazar, Crocoridiculos ? Vous avez mis des fumigènes dans la grotte ou quoi ?
- Mais non. Où sont passés les gosses ?
- Ils étaient là... ici...
- Attendez, la poussière se dissipe...
- Bon sang de bois !

Un trou ! Il n'y a plus qu'un trou béant dans le sol à l'endroit précis où s'étaient réfugiés Alexandre et Rufus.

- Le sol s'est effondré !
- On dirait un tunnel...
- Un tunnel qui serait très en pente.
- Un vrai toboggan, oui !

Le comédien a trouvé les mots justes !
Alexandre et Rufus dévalent les pentes d'un souterrain semblable à un immense toboggan naturel !
Un toboggan qui n'en finit plus.

- Z'ai mal aux fesses !
- Tiens bon, Rufus !

Alexandre et Rufus viennent de tomber dans un lac souterrain. Ils sont enfin parvenus au bout de l'atroce tunnel.

- Ze sais pas naaaager !
- On a pied, Rufus, calme-toi !
Gagnons le bord.

Le lac aux eaux glacées se trouve au centre d'une caverne.
Une étrange végétation s'est développée autour de ses rives.

- C'est étrange... il fait jour et nous sommes pourtant sous terre.
- Sapristouille Alexandre, ce sont ces plantes qui font de la lumière !

Rufus a raison. Il se tient devant un massif de plantes dont les fleurs produisent une douce lumière.

- Et ces plantes-ci ont des fruits... je me demande s'ils sont comestibles et...
  ... qu'est-ce que tu as Rufus ?

Les yeux de Rufus ne semblent plus vouloir quitter l'ouverture du souterrain par lequel nos héros sont arrivés jusqu'ici.

- Et si les monskres dévalent le toboggan eux aussi... pour nous poursuivre ?
- Bien vu ! Ne moisissons pas ici ! Trouvons une cachette, mais n'oublions pas la fusée !

- Là, Alexandre, derrière ces plantes, ça fait comme une cassette.
- C'est vrai, il y a un trou dans la roche.
  On pourrait s'y glisser tous les deux et se recouvrir de feuillage.

Au même instant, quelques mètres plus haut ...

- Espèce d'andouille ! Où est-il ce trou ?

Il fallait s'y attendre. A son arrivée sur les lieux de la catastrophe, Monsieur Beaumanoir est de très mauvaise humeur. Il le cache, mais il est aussi très inquiet pour la vie de son fils.

- C'est... c'est ici, Monsieur... voilà le trou...
- Bon sang, vous ne pouviez pas vérifier la solidité du sol avant d'attirer mon fils là-dedans, espèce de crétin !
- Je... je...
- Je vous ai payé pour donner une leçon à mon fils, pas pour l'expédier au centre de la Terre ! J'espère pour vous qu'il n'est pas blessé. Et ne me regardez pas avec ces yeux d'ahuri ! Qu'est-ce que vous attendez pour y descendre ?
- Euh, je... j'y vais, Monsieur... oh, mais c'est que c'est drôlement à pic !
- Descendez, bon sang de bois ou je fais tailler pour ma femme un sac à main dans la peau de vos fesses !
- Aaaaah !

Ça y est ! Crocoridiculos dévale à son tour le souterrain-toboggan. Monsieur Beaumanoir le regarde disparaître dans l'obscurité. Il sort un mouchoir de sa poche et s'éponge le front. Si les deux comédiens près de lui s'approchaient suffisament, ils pourraient l'entendre murmurer :

- Mon petit garçon... mon Dieu ! Mon petit garçon...

• Chapitre 4 •

Les Souterrains de Terrifiscü

- Rufus... j'entends du bruit... cache-toi bien !

Pendant quelques secondes, Crocoridiculos se débat au milieu du lac avant de comprendre qu'il a pied et que la rive n'est qu'à quelques mètres de lui. Il rejoint enfin la terre ferme et retrouve peu à peu ses esprits.

- Où sont les gosses ? Ils n'ont pas pu se noyer dans ce lac, il n'est pas assez profond. Les enfants ? Hou-hou ? Les enfants ?

Blottis l'un contre l'autre dans leur cachette, Alexandre et Rufus ne peuvent s'empêcher de sursauter en entendant la voix nasillarde du crocodile-détective.

- Oooh... Alexandre... on nous appelle...
- Chut ! Pas un bruit ! Je reconnais cette voix ! C'est la voix d'un des brigands !
- Les enfants ? Où êtes-vous ? Aïe-ya-yaïlle ! Où sont-ils passés ? Si je ne les retrouve pas... Aïe-ya-yaïlle !

Alexandre et Rufus retiennent leur souffle autant qu'ils le peuvent et attendent ainsi de longues minutes, mais plus aucun bruit ne se fait entendre. L'intrus a disparu. Ils restent ainsi, serrés l'un contre l'autre sans oser sortir de leur cachette.

- Z'ai faim...
- Je vais aller jeter un œil dehors.

A quatre pattes et en faisant le moins de bruit possible, Alexandre se fraye un chemin à travers les plantes qui les ont protégés. Apparemment, la caverne est déserte. Le brigand s'est bel et bien volatilisé. En tout cas, il n'est pas remonté à la surface par le toboggan, car ses parois sont bien trop abruptes pour permettre à qui que soit de les gravir. Il doit y avoir une autre sortie parmi ces souterrains qui mènent tout droit au repaire de Terrifiscü le vampire.

- Tu peux sortir, Rufus. Viens me donner un coup de main.
- Tu... tu es sûr ? L'eskelette est parti ?
- Oui. Viens m'aider à trouver la sortie. C'est d'ici que partent les souterrains qui mènent au château du vampire.
- Z'veux pas aller au château du vampire ! Z'veux plus !
- De toute façon, il n'y pas d'autre issue. Nous sommes bien obligés d'utiliser ce passage. Ecoute, je te promets que si nous trouvons le moyen de sortir de ces souterrains, nous irons directement prévenir la police.
- On ira pas combattre le vampire, tu le jures ?
- Oui... enfin, je le crois...
- C'est mieux comme ça Alexandre, mais z'ai touzours faim.
- C'est ici, regarde ! Voilà la seule galerie qui puisse nous conduire hors de cette caverne... Mais que fais-tu ?
- Ze goûte les gros fruits des plantes. C'est bon, c'est drôlement bon, Alexandre. Tu d'vrais essayer toi aussi.

- Malheureux ! Et si ces fruits contenaient un poison quelconque ?
- Tu crois ?
- Est-ce que tu as mal au ventre ?
- Non...

Alors, Alexandre cueille à son tour un beau fruit mûr et le goûte du bout des dents.

- Tu as raison, c'est délicieux. Emportons autant de fruits que nous le pouvons car nous ne savons pas à quelle distance nous nous trouvons du château de Terrifiscü. Allez, viens maintenant, et emportons avec nous la fusée ainsi que des fleurs pour nous éclairer.

Au moment où Alexandre et Rufus pénètrent à leur tour dans le souterrain, loin devant eux, Aristide Crocoridiculos parvient à une sorte de carrefour. A sa gauche, la galerie se poursuit et à sa droite, une galerie plus petite commence.

- Aïe-ya-yaïlle... laquelle des deux ont-ils prise ? La grande ou la petite ?
Allons-y pour la grande, ça me paraît plus logique.

Aristide Crocoridiculos poursuit donc son chemin à gauche.

- Oh... regarde, Rufus ! La galerie se sépare en deux...
- Moui...
- Ne te gave donc pas tant de ces fruits. Il faut en garder pour plus tard. Bon, maintenant... quelle galerie empruntons-nous ? La grande ou la petite ?
- La grande, y'a plus de place !
- Oui, mais la grande galerie est sans doute le principal accès souterrain au château du vampire. L'accès par la petite galerie est peut-être plus discret et sans surveillance...
- Alors, on prend la p'tite.
- Oui. J'espère seulement qu'elle mène bien elle aussi au château...
- Moi, z'espère zuste qu'elle mène à une sortie, c'est tout. Une sortie loin du château du vampire et de ses eskelettes.
- Allez, avance et ne parle pas tant.

• Chapitre 5 •

Mankpa Dpath, la terreur des Carpates

- Henriette... ne restez pas là, devant cette fenêtre, à vous morfondre. Cela ne sert à rien ! Pourquoi n'iriez-vous pas prendre un peu l'air dans le jardin ? Vous êtes si pâle...

Madame Beaumanoir sort de ses tristes rêveries en entendant son mari lui parler ainsi, mais elle n'a aucune envie d'aller dans le jardin, au grand soleil, au milieu des fleurs et des papillons si gais et si légers.

- Je n'ai pas le cœur à cela, Alfred. Cela fait des jours maintenant ...
- Je sais, Henriette. Oui, cela fait des jours que notre petit garçon a disparu par ma faute. Je l'ai tué ! J'ai tué notre enfant.

Une grosse larme se met à couler sur la joue de cet homme que beaucoup croient pourtant sans cœur.

- Ne dites pas cela, Alfred. Je veux espérer que notre petit Alexandre est encore vivant.
- Je ne fais guère confiance à cet imbécile de Crocoridiculos. Nous sommes sans nouvelles de lui.
- Mais il y a ces pompiers qui sont partis à leur recherche ! Nous devons faire confiance à ces hommes !
- Cela fait des jours qu'ils sont descendus dans ce trou eux aussi et jusqu'à présent, nous n'avons toujours pas de nouvelles !
- Ne baissons pas les bras, Alfred.
- Vous avez raison, Henriette. Pardonnez-moi...

Quelques pénibles jours après ...

- Hourrah, Rufus ! Là ! De nouvelles plantes à fruits
et des plantes lumineuses ! Faisons une pause.
- Pas trop tôt. Z'ai mal aux pattes, Alexandre, z'suis fatigué.
- Je sais bien, mon pauvre vieux,
mais ça ne sert à rien de le répéter.
- Ça fait combien de zours qu'on est dans ces tunnels ?
- Je ne sais plus... de nombreux jours... nous sommes épuisés,
sales et déprimés, mais nous sommes vivants.
Jusqu'à présent, la chance a plutôt été de notre côté, non ?
Tous les jours, nous avons trouvé des fruits à manger et...
- Z'en ai marre de ces fruits, on en a manzé des tonnes !
- TU en as mangé des tonnes, espèce de goinf...

Alexandre ne bouge plus, il paraît tendu, comme aux aguets.

- Qu'est que t'as, Alexandre ?
- Chut ! J'entends... je ne suis pas fou ! J'entends le bruit
du vent, viens. Nous ne sommes peut-être plus très loin
de la sortie après tout.
- Si c'est du vent, ça veut dire qu'on arrive dehors
et pas dans le château du vampire, ha ! Ha !

Le cœur léger pour la première fois depuis longtemps,
les deux amis cavalent dans le souterrain vers la douce musique
du vent et de l'air libre. Bientôt devant eux, la lumière
du jour leur apparaît, aveuglante, et des bourrasques d'air froid
viennent leur chatouiller les côtes.

- C'est le bout du tunnel, Rufus !

- Oooooh, Alexandre, fait drôlement froid ici ! Où on est ?

Dès que leurs yeux se sont de nouveaux habitués à la lumière du jour, les deux compagnons peuvent regarder autour d'eux et découvrir l'étrange paysage de cette contrée inconnue. Au loin, le hurlement d'un chien se fait entendre... le hurlement d'un chien ou bien celui d'un loup ?

- De la neige ! A cette époque de l'année ?
  Combien de kilomètres avons-nous fait dans ces souterrains ?
- T'entends, Alexandre ? Y a un gros toutou, on dirait... z'aime pas les toutous !
- Je me demande si c'est vraiment un chien.
- Bah ! Qu'est-ce que tu veux que ce ça peut être d'autre ?
- Un loup, mon pauvre vieux. Un loup !
- Pourquoi tu dis ça ? Sapristouille ! Tu m'fiches la trou-trouille.
- Rufus, je crois que nous sommes arrivés au pays de Terrifiscü.
- C'est quoi le pays de Terrifiscü ?
- Les Carpates, mon vieux !
- Hein ? Les Karpat' ? C'est quoi les Karpat' ?
- C'est la patrie des vampires !
  Au centre de l'Europe ! C'est là qu'ils ont tous leurs sombres châteaux, au milieu de forêts de pins noirs et de montagnes enneigées.

Alexandre pourrait bien avoir raison. Ils sont entourés de pins noirs et de montagnes !

- Ça veut dire quoi :
  "la patrie des vampires", Alexandre ?
  Ça veut dire qu'ils sont beaucoup ?
- Ils sont partout ici, mon pauvre vieux.
  Dans les Carpates, il n'y a pas un seul château qui n'abrite un vampire !
  J'ai lu dans un excellent livre d'aventures que le soir ils sortent de leurs cryptes pour aller boire... Hum !
  ... boire le sang de quelque villageois ou de quelque voyageur égaré...
- Oooooh, par les moustasses de...
- Ce n'est pas le moment de nous dégonfler, Rufus. Courage,
  nous trouverons sûrement un village et une auberge au bout de ce chemin.

Alexandre et Rufus remontent le chemin enneigé qui semble se tortiller et se frayer lui-même péniblement un passage à travers une épaisse forêt de pins. Le hurlement du loup ou peut-être même DES loups les accompagne dans leur marche silencieuse.
Puis, au détour d'un virage dans la sombre forêt, apparaît alors un château, lugubre, imposant dont les plus hautes tours dessinent d'immenses crocs menaçants sur le ciel rouge.

- Ooooh... z'aime pas ça, Alexandre... faisons demi-tour!
- Malheureux ! Tu ne comprends pas que c'est forcément le château de Terrifiscü ? Nous ne pouvons tout de même pas abandonner la malheureuse princesse maintenant !
- Mais z'vois pas d'princesse !
- Regarde... je me demande ce que ça veut dire...

Devant eux se dresse une pancarte menaçante.

- Qu'est-ce qu'il y a d'écrit, Alexandre ? Tu sais bien que ze sais pas lire...
- MANKPA DPATH... c'est sûrement le nom du château...
- Et dessous, Alexandre... qu'est-ce qu'il y a d'écrit ?
- Euh... Là ? ... Rien Rufus, rien ! T'occupe pas de ça ! Viens !
- Eh ! Où tu vas, Alexandre ?
- Suis-moi. Nous allons explorer ce château... et ne fais pas cette tête ! Nous n'allons pas nous dégonfler si près du but !
- Si... si, si... on va faire ça... on va se dégonfler. Tu m'avais promis qu'on irait voir la police !
- Ecoute, moi aussi j'ai un peu peur, mais nous ne sommes pas des lâches, non ? Il est sûrement trop tard pour sauver l'infortunée princesse Rosalinde, mais qui sait ?
- Oooh, làlà...
- Ecoute, Rufus... les vampires dorment le jour ! Ils ne se réveillent qu'à la nuit tombée. Ça nous laisse un peu de temps pour explorer le château et en sortir la princesse avant que le vampire ne s'attaque à elle pour de bon !
- Gloups !

Alexandre s'est approché de l'entrée et de tout son poids, de toutes ses forces, il vient peser contre la lourde porte du château.

- Hourrah ! Elle s'ouvre ! Viens, Rufus.
- Tu es fou ! N'entre pas ! C'est krop myskérieux !
- Chut et viens, te dis-je !

Le hall du château : quel endroit inquiétant ! L'intérieur de cette demeure est encore plus sinistre que ses murailles.

- Par là... on dirait une salle à manger.
- Alexandre... non... n'entre pas !

Le château paraît vide, aucun bruit ne résonne... attendez, si ! Le cliquetis d'une vieille horloge et le crépitement d'un feu de cheminée se font faiblement entendre dans une pièce voisine. La porte est entrouverte. Alexandre passe prudemment sa tête par l'ouverture.

- Il n'y a rien par ici... à moins que... derrière ces rideaux.
- Z'ai peur, Alexandre ! Z'ai pas envie que le vampire i' boit tout mon sang !
- Chut ! On dirait que... Les rideaux, Rufus ! Regarde les rideaux : ils bougent !

- QUI OSE TROUBLER LA PAIX DE MANKPA DPATH, LA TERREUR DES CARPATES ?

- Une araignée géante ! Aaaaaah !

-- WOAAAA ! MISERABLES MORTELS ! VOUS ALLEZ PAYER CHER VOTRE IMPRUDENCE !

Mon dieu, quel est ce vacarme ? Il est arrivé quelque chose à Rufus.

- Rufus ?
- Au s'cours ! Où qu'est la grosse araignée ?
- Je... je ne la vois plus... que s'est-il passé ?
- Z'ai tombé sur l'armure... elle a fait tomber la glace, z'crois, pis ça a fait tomber le chandelier, pis le rideau et pis la grosse lance a cassé quelque chose et pis y a des gros morceaux de verre partout !
- C'est vrai... tout ce verre... il devait y avoir comme une fenêtre derrière les rideaux... une fenêtre ou bien... mais oui ! Regarde l'épaisseur de ce verre. Rufus ! Il y avait une **LOUPE GÉANTE** cachée derrière les rideaux !
- Alexandre ! Va pas là, c'est là qu'était la grosse araignée !
- UN MICRO, tout s'explique !
- L'araignée va te z'attraper !
- Mais, enfin. Tu ne comprends pas ? Si le monstre que nous avons vu derrière ces rideaux utilise un micro, c'est que sa voix ne doit pas être si impressionnante que ça et s'il nous est apparu en se tenant derrière cette loupe, c'est que sa taille ne doit pas être si imposante que ça ! Où est-il ?
- Sous l'coussin ! Alexandre ! Ça bouge !

En effet, de l'autre côté des rideaux maintenant déchirés, un coussin bouge bizarrement. Prenant son courage à deux mains, Alexandre le saisit par un coin et le soulève brusquement.

- Aaaah ! Non ! Ne me tuez pas !
- Quoi ? C'est ça la terreur des Carpates ? Une ridicule petite araignée !
- Ne m'écrasez pas ! Je n'en vaux pas la peine ! Je ne suis qu'un misérable arachnide. D'ailleurs, je vais partir. Je vais disparaître ! Je vous laisse mon château. Je vous laisse tout ce que je possède. Ne me tuez pas !
- Je n'allais pas vous tuer...
- Ah bon ?
- Par contre, je ne vous laisserai pas filer avant que vous nous ayez expliqué ce que veut dire toute cette mise en scène ! Ça ne va pas de flanquer des trouilles pareilles aux gens ?

- Je suis bien obligé de le faire. Les gens sont si méchants.
- Qu'est-ce que c'est que cette histoire ?
- C'est l'histoire de ma vie! La triste histoire de ma vie! Aaaah...

L'araignée ne peut retenir plus longtemps un sanglot et une grosse larme vient rouler sur sa joue. Elle a l'air si misérable. Alexandre ne se sent plus le cœur de lui parler durement.

- Allons, mon vieux, ne pleurez pas comme ça... racontez-nous plutôt ce qui ne va pas...
- Oh ! Vous ne pouvez pas comprendre. Vous êtes grand et fort, vous. Vous ne savez pas ce que c'est d'être un nabot. Une minuscule araignée, laide et grotesque. Et tout petit déjà, à l'école des Carpates, les autres écoliers me le faisaient bien sentir. Surtout les petits vampires et les louveteaux-garous. Ils me maltraitaient. Ils me ridiculisaient. Qui aime les araignées ? Hein ? Je n'ai jamais eu d'ami ! Oh ! Mais je m'en moquais ! Oui, j'm'en moquais bien, parce que ma maman, elle, elle m'aimait et c'était le plus important. Aaaaah... jusqu'au jour maudit où elle est allée se promener en ville. Aaaah ! C'était son point faible. Man-man adorait visiter des maisons. Aaaaah ! Et cette sale bonne femme l'a écrasée dès qu'elle l'a vue ! En faisant son ménage. Aaaaah... bouuuuh ! Ma pauvre p'tite man-man !
- C'est épouvantable !
- Alors, c'est fini. Je ne laisse plus les gens me faire du mal. Maintenant, c'est moi qui les terrorise et comme ça, au moins, on me fiche la paix ! Oui, ils fuient tous en courant. Et c'est tant mieux. Je veux être seul. Seul avec les photos de ma pauvre p'tite man-man. Bouuuuh... je ne veux plus qu'on m'fasse de mal ! Les gens sont si méchants !

- Sapristouille, z'suis tout ému ! C'est krop kriste comme histoire.
- C'est vrai... vous n'allez pas me tuer ?
- Bien sûr que non ! Et vous vous trompez drôlement sur les gens, mon vieux : la preuve, c'est que Rufus et moi nous vous offrons notre amitié !
- Oh ! Des amiiis, enfin !

• Chapitre 6 •

A la recherche de la princesse Rosalinde

- Bon, au moins, nous savons que ce château n'est pas celui de Terrifiscü le vampire...
- Ça, je vous l'assure. Il appartient à ma famille depuis des générations et des générations. Depuis toujours, en fait.
- Et vous vivez seul, ici...
- Tout seul, oui.
- Mais vous sortez un peu, parfois ? Vous connaissez un peu les environs ?
- Oh, très peu. Depuis la tragédie qui a frappé ma maman, je ne sors que pour cueillir des fraises des neiges.
- Des fraises des neiges ?
- C'est mon péché mignon! C'est tellement sucré...
- En tout cas, vous êtes bien sûr de n'avoir jamais entendu parler de Terrifiscü le sanguinaire ?
- Jamais, j'en suis certain, mais ne vous découragez pas. Il y a tellement de vampires dans la région que je ne peux pas tous les connaître. Attendez Rufus, voulez-vous bien me passer le gros livre qui est là... C'est l'annuaire des Carpates. Voyons voir... Tartignollü, Terruski... Tirruscü. Non, pas de Terrifiscü !
- Il est peut-être sur liste rouge.
- Ou il n'a pas le téléphone, tout simplement. Vous savez, dans ces vieux châteaux...
- C'est rageant. Si nous devons explorer tous les châteaux des Carpates pour trouver le bon.
- Il y a tout de même une chose... je ne sais pas si c'est une piste...
- De quoi s'agit-il ?
- Eh bien, il y a une bonne semaine de ça, je suis sorti à la recherche de fraises des neiges, seulement elles sont encore rares à cette époque de l'année, alors j'ai dû m'éloigner pour en trouver. C'est comme ça que je me suis retrouvé dans un coin de la province que je ne connaissais pas, devant un château dont je n'avais jamais entendu parler.
- Et alors?
- Alors, je me suis approché. Je suis un peu curieux pour ces choses... les maisons, les châteaux... Je tiens ça de ma pauvre petite maman. Enfin. Toujours est-il que c'est là que je l'ai vue.
- Vu quoi ? Vu qui ?
- Une jeune fille.
- Une jeune fille ?

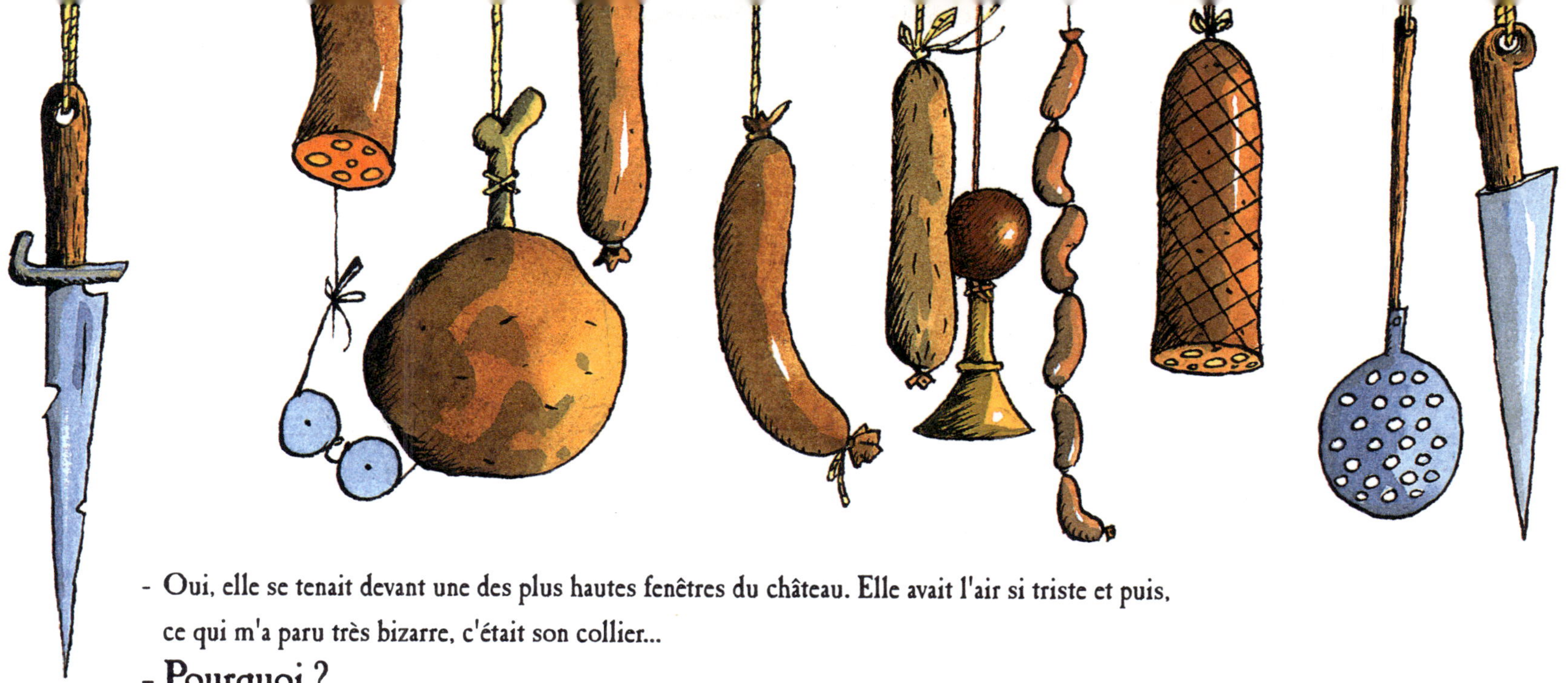

- Oui, elle se tenait devant une des plus hautes fenêtres du château. Elle avait l'air si triste et puis, ce qui m'a paru très bizarre, c'était son collier...
- Pourquoi ?
- C'était un gros collier en fer et il était relié au mur derrière elle par une grosse chaîne !
- Une prisonnière ! Mon Dieu ! La princesse Rosalinde !
- Ça je ne sais vraiment pas. Tout ce que je peux vous dire, c'est qu'elle avait l'air très triste et qu'elle était très belle.
- C'est bien la princesse Rosalinde ! La malheureuse ! Nous l'avons retrouvée ! Elle est toujours vivante, Dieu merci ! Il faut aller la délivrer !
- Ooooh ! Alexandre ! Et la police ? T'avais dis qu'on allait chercher la police.
- Nous croiront-ils seulement ? Il faut agir, et vite.
- Rappelle-toi comment qu'on a détalé quand c'est qu'on a vu les eskelettes dans la grotte.

Hum ! Rufus vient de mettre le doigt sur un endroit sensible. Alexandre ne peut s'empêcher de rougir légèrement.

- Oui, c'est vrai que je me suis dégonflé ce jour-là.
- Et si ce vampire est aussi sanguinaire que vous le dites...
- Zut, j'aimerais être beaucoup plus grand et peser cent kilos de plus.
- Alors, on va za la police ?
- Je ne sais pas... je ne sais plus. Un vrai vampire et sanguinaire en plus... c'est vrai que nous ne sommes que des enfants et nous ne sommes que deux...
- Ah ! Non ! Vous êtes trois ! Ne m'oubliez pas ! Nous sommes trois et l'union fait la force !
- Vous avez raison Mankpa Dpath, allons sauvez la princesse Rosalinde.
- Ooooh, non ! Ça le r'prend !

• Chapitre 7 •

Dans l'antre du vampire

- Cet abominable château ne peut être que celui de Terrifiscü, j'en mettrais ma main à couper !

Accroché à de noirs rochers, comme un gigantesque aigle difforme saisissant sa proie, le sinistre château leur fait face. Tout autour de sa masse sombre et impressionnante, le paysage est affreusement lunaire et parsemé de-ci de-là de geysers qui ponctuent le silence de leur souffle brûlant.

- Qu'est-ce que c'est que cette fumée ? Z'ai peur !
- Ce sont des geysers, Rufus. Ce n'est rien, juste un phénomène naturel.
  Ce sont des sources chaudes qui projettent de la vapeur.
  J'ai lu un excellent livre de géographie à ce sujet.
- On dirait comme le souffle d'une grosse baleine.
  Ça fiche la trou-trouille !
- Bien, approchons et essayons de retrouver
  l'endroit d'où vous avez vu la princesse.
- Suivez-moi, ça devait être par là bas, à une centaine de m...
  Nom d'une p'tite araignée !
- Que se passe-t-il ?
- Là ! Un pied de fraises des neiges !
- Mankpa Dpath !
  Nous ne sommes pas venus là pour ça !
- Ça n'empêche pas... miam. J'en ai pour une minute.
  Gloups ! Haaa ! Allons-y maintenant.

- C'est ici ! C'est exactement de là que j'ai vu la princesse. Tenez, elle était à cette fenêtre-ci, sur la petite tour de droite...
- Malheureusement, on ne la voit pas aujourd'hui. Bon, approchons-nous encore et voyons si nous trouvons une entrée dérobée qui mènerait à l'intérieur du château.
- Vous entendez ça ? Ce bruit de métal... qu'est-ce que c'est ?
- Bon sang ! Cachez-vous !
- Quoi ? Vous avez vu quelque chose ?
- Les douves du château ! Vous avez oublié de nous parler de ça.
- Eh ! Je ne m'étais pas aventuré si près du château. Qu'avez-vous vu dans les douves ?
- Faites comme moi. Rampez un peu et voyez par vous même.
- Des robots ? C'est râpé ! Il est impossible d'entrer sans avoir affaire à ces... ces choses.
- Oooh. Z'ont l'air krès méchants.
- Bon, bon, reculons. Il faut réfléchir. Bon sang ! Il doit y avoir un moyen.
- Je n'en vois aucun.
- LA FUSÉE !
- Pardon ?
- Nous pouvons utiliser la fusée pour passer par-dessus les douves !
- Oh, la, la... comment vous dire ça sans vous froisser, mais je crains que votre fusée ne soit pas exactement... enfin... une vraie fusée, vous savez... elle est très jolie, je ne dis pas le contraire, toutefois elle est en carton.
- Je sais bien cela, Mankpa Dpath ! Mais ces geysers, eux, sont bien réels ! Regardez celui-ci par exemple.

Alexandre se tait. Il reste là, immobile et concentré, tout occupé à observer un geyser voisin pendant une longue, très longue, minute. Bien sûr, Rufus ne comprend rien à ce qui se passe, mais Mankpa Dpath, lui, a sa petite idée sur ce qui est en train d'arriver à Alexandre.

- C'est l'émotion, vous avez les fils qui se touchent ! Vous avez pété un plomb, grillé un fusible. Vous battez la campagne ! Vous...
- Ha ! Ha ! Toutes les dix secondes ! Il crache son jet de vapeur toutes les dix secondes, comme une petite mécanique bien réglée ! Ha ! Ha !

- Oui, oui... vous savez quoi, Alexandre ? Nous allons rentrer à mon château et je vais vous préparer une bonne infusion de camomille et puis vous irez faire un gros dodo...

- Les amis, nous allons nous installer dans la fusée, nous placer sur le geyser et attendre la vapeur comme on attendrait un métro ! Avec un peu de chance, elle nous propulsera vers le château !

- Avec un peu de chance ? Avec une chance monstrueuse, oui !

- Tu es fou, Alexandre.

- Allons ! Hardi, les gars ! Ce n'est pas de la folie, c'est de l'audace ! C'est l'audace qui a toujours permis aux grands chefs militaires de gagner des places fortes imprenables et de remporter des batailles perdues d'avance !

- D'accord... je vois ce que vous voulez dire... l'homme qui part seul s'attaquer à un troupeau d'éléphants armé d'une simple petite cuillère est un audacieux, c'est vrai... mais il ne le reste pas longtemps. Dès qu'il s'est fait aplatir comme une crêpe par les mastodontes, tout le monde est d'accord pour l'appeler un fou furieux.

- Mankpa Dpath, vous êtes un défaitiste. Je vous affirme, moi, que c'est possible. Tentons l'expérience.

Fouillant la neige, Alexandre se met alors en quête de la plus grosse pierre qu'il puisse soulever. Il trouve bientôt un morceau de roche de taille respectable.

- Aide-moi, Rufus. Aide-moi à la lancer quand je te le dirai.

Près d'eux le geyser se déclenche, projetant sa vapeur brûlante loin au-dessus de leurs têtes.

- Dix, neuf, huit, sept, six, cinq, quatre, trois, deux, attention, maintenant !

La pierre percute la colonne de vapeur au moment précis où elle sort de terre avec une force incroyable. Le rocher est projeté dans les airs, comme s'il n'était qu'un vulgaire bouchon, puis il retombe vers le sol en décrivant une courbe qui le dirige tout droit vers les toits du château. Il disparaît alors de la vue de nos héros, en laissant derrière lui un gros trou béant dans la toiture de l'une des plus hautes tours du château.

- Ha ! Ha ! Vous avez vu ça ! Elle est dans la place, mes amis. Elle y est allée tout droit ! Ha ! Ha ! Qu'en dites-vous ?
- Hum ! Je dois dire... c'est vrai que c'est audacieux, pourtant...
- Vous êtes zinzins tous les deux ! Z'veux pas aller faire un gros trou dans les toits avec ma tête !
- Cherchons d'autres pierres. Nous allons profiter du fait que le vampire est encore endormi à cette heure-là. Nous pouvons faire du bruit et agrandir ce trou dans la toiture. Si nous suivons la même trajectoire que toutes ces pierres, nous retomberons directement à l'intérieur de la tour.
- Pas bête ! Allons-y ! Euh... allez-y, plutôt.

Oui, même avec la meilleure volonté du monde, le pauvre Mankpa Dpath ne soulevera pas des pierres qui font cent fois son poids, mais Alexandre et Rufus s'y emploient aussitôt. Un rocher, deux, trois. Ils répètent l'expérience jusqu'à ce que la toiture de la tour ait pratiquement disparu.

- C'est à nous, maintenant. Allons, courage !
- Alexandre, z'veux pas...
- Tu n'as rien à craindre, Rufus ! Tout cela est SCI-EN-TI-FI-QUE : c'est de la physique ! Qu'est-ce que tu comprends à la physique, toi ?
- Z'y comprends rien...
- Tu vois ! Alors fais-moi confiance. Tous dans la fusée !

Le curieux équipage que voilà est en partance pour un voyage encore plus étrange. Espérons qu'Alexandre ne se trompe pas car c'est tout de même de la folie !

- Dix ! En place ! neuf - huit - sept - six ... 5 . 4 . 3 . 2 . 1 .

Dans une terrible explosion, les trois amis sont arrachés du sol. Ils ne voient plus rien. C'est comme la pire descente du pire des grand-huits, mais ce n'est pas une descente. Ils sont bel et bien projetés dans les airs, au milieu des morceaux déchiquetés de leur pauvre fusée et le vol leur semble durer une éternité. Puis dans un horrible craquement, Rufus percute un toit, suivi par Alexandre et Mankpa Dpath. Oui, vous avez bien lu : un toit ! Ils ne sont pas dans la bonne tour ! Pauvre Rufus... c'est lui qui a frayé le chemin à ses amis. En prime, c'est lui qui a amorti la chute d'Alexandre puis celle de Mankpa Dpath.

- Rufus, ça va ?
- Ouille, ouille... mes fesses ! Elles m'brûlent !
  Ouille, ouille... ma tête ! Elle fait du bourdon !
- Et vous, Mankpa Dpath ?
- Je suis entier... j'ai les fesses ébouillantées, moi aussi, mais je suis entier.
- Nous l'avons fait ! Ha ! Ha !
  Nous y sommes arrivés, les amis !
- Sapristouille... on est coincé dans l'château
  du vampire, maintenant ! On peut plus sortir !
- Chaque chose en son temps, Rufus.
  Peux-tu tenir debout ? Ça va ?
- Z'ai mal partout !
- Tu n'as rien de cassé... enfin, je crois. Il ne nous reste plus qu'à trouver l'infortunée princesse Rosalinde avant que la nuit tombe.

De toute évidence, ils ont atterri dans un grenier vide et inutilisé. De ce grenier, on accède au reste du château par un étroit escalier en colimaçon. Il s'agit donc de quitter cette tour et de trouver la partie du château où la princesse est maintenue prisonnière. Dehors, le crépuscule obscurcit déjà le ciel dans lequel il dessine de grandes stries mauves et rouges. Il ne se passera guère plus d'une demi-heure avant que la nuit ne s'installe. Alexandre s'aventure le premier dans l'escalier et c'est Rufus qui ferme prudemment la marche. Plus bas, l'escalier débouche sur un long couloir flanqué de nombreuses portes. De tête, Alexandre essaye de s'orienter.

- Bon, la chambre de la princesse est à l'est du château... ce sera donc une porte sur la...
  ... la droite. Essayons toutes les portes de ce côté !
- Hum... je me demande si la chambre ne se trouve pas plutôt un ou deux étages plus bas.
- Nous verrons bien.

Les trois amis remontent le couloir en silence, ouvrant sur leur passage toutes les portes qu'ils croisent sur leur droite. Aucune de ces portes n'est fermée à clé et toutes, sans exception, s'ouvrent sur des chambres aussi vides que le grenier qu'ils viennent de quitter. Après cinq ou six portes, le couloir tourne vers la gauche.

- Vous aviez sans doute raison, Mankpa Dpath.
  Essayons l'étage au dessous.
- J'aperçois un escalier là-bas, au bout du couloir.
- Allons-y. Je descends le premier.

Quelque chose ne va pas avec ce nouvel escalier en colimaçon.

- Dites, il me paraît bien long cet escalier. Nous avons du descendre la hauteur de deux ou trois étages, non ?
- Ça ne doit pas être le bon escalier, remontons !
- Attendez... vous n'entendez rien ?
- N... non... si ! Une voix ! Que fait-on ?
- On r'monte.
- Pas question ! Coincés pour coincés, il faut bien prendre des risques. Allons voir, mais chut ! Nous approchons...
- Que voyez-vous ?
- Nous arrivons sur une sorte de grand balcon... attendez... oui, il fait tout le tour d'une pièce... en hauteur... en bas, on dirait qu'il y a un bonhomme dans la salle... approchons encore un peu. Et silence complet !
- Ooooh là là...
- Je passe le premier... moi, il ne me verra pas.

Accroupis, Alexandre et Rufus suivent Mankpa Dpath. La grande salle où ils entrent est en effet dominée par une balustrade qui en fait tout le tour et sur laquelle se trouvent les trois amis. Depuis le bord de la balustrade, Mankpa Dpath leur fait signe qu'ils peuvent s'approcher et se cacher derrière un pilier. De là, ils dominent toute la pièce. Ils ne s'attendaient pas à trouver ce genre de décor dans le château d'un vampire !

Au centre d'un laboratoire, derrière une console électrique, se tient un vieil homme en blouse blanche, un savant dirait-on, aux traits durs et à l'air méchant. Une chose est certaine en tout cas : il ne ressemble pas du tout à l'idée que l'on peut se faire d'un vampire ! Autour de lui, tournent des petits robots semblables à de grosses limaces sur roulettes, mais le savant ne leur prête aucune attention. Son regard est rivé droit devant lui, sur un robot emprisonné dans un large cercle de métal. Le savant abaisse une manette et une violente décharge électrique vient secouer le robot.

- Je t'ordonne de venir à la vie, esclave ! M'entends-tu ?

Oui, le robot semble l'entendre. Ses yeux électroniques s'animent et se fixent sur le savant. Il se met à marmonner.

- PA-PA ! ... PA-PA !

Le savant sursaute, ahuri. De toute évidence, ce n'était pas ce type de réaction qu'il attendait de la part de son invention.

- Papa ? Bougre d'andouille ! Où es-tu allé chercher ça ! Je n'ai jamais programmé ce genre de fadaises dans ta mémoire ! Je ne suis pas ton père ! Tu n'es qu'un robot ! Tu n'as pas de père, mais un créateur et je suis CE créateur : le génial professeur Louffe ! Je suis ton MAÎTRE et tu es mon esclave !
- PA-PA ! reprend le robot, l'air presque triste bien que ses traits, inexpressifs et neutres, soient figés pour toujours dans l'acier et le fer.
- Bon sang ! Encore ? Triple andouille, je ne t'ai pas créé pour faire du sentiment ! Tu es programmé pour porter la mort et la destruction ! Tu es un robot soldat et je compte te vendre au meilleur prix à des militaires ! Tu n'es pas un jouet de Noël pour mioches, nom d'une pipe ! Le moment est venu pour toi de me prouver que tu es bien à la hauteur de mes espérances ! Tu vois ce petit singe, là, dans cette cage ? Je vais te libérer.

Le savant abaisse une nouvelle manette et le robot n'est plus prisonnier du cercle de métal.

- Je veux que tu ailles chercher ce singe, que tu le prennes entre tes pinces pour l'écraser ! Réduis-le en bouillie, broie-le et prouve-moi que tu es bien tel que je t'ai créé ! Qu'attends-tu ? Je t'ai donné un ordre !
- JE-NE-COMPRENDS-PAS... CE-PETIT-SINGE-EST-SI-MIGNON ? LE-TUER ? QUELLE-HORREUR !

Le savant entre alors dans une véritable crise de démence.

- Mais qu'est-ce que j'ai fait au ciel ?
Encore un robot tatasse ! Je suis maudit !
Je ne fabrique que des saletés de robots tatasses !
Pourquoi faut-il que vous fassiez tous
du sentiment, tas de ferrailles imbéciles !
Disparais !

Le savant abaisse une nouvelle manette. Celle-ci déclenche aussitôt l'ouverture d'une trappe dans le sol, puis les dalles sur lesquelles se tient le robot se soulèvent brusquement et se transforment en une rampe qui le fait glisser lentement, mais sûrement, vers un trou béant dans le sol.

- Disparais de ma vue !

Pour la première et la dernière fois de sa courte vie, le robot obéit à son maître et disparaît dans le trou. Vingt mètres plus bas, il va s'écraser dans les douves du château dans un effroyable bruit de ferraille.

- C'est ce matériel de mes fesses ! C'est de la crotte ! De la camelote ! Vivement que je tire un bon prix de l'autre affreuse, que je puisse enfin acheter des composants dignes de ce nom !

Sur ces paroles pleines de hargne, il quitte son laboratoire en claquant la lourde porte de fer derrière lui. Horrifié, Alexandre se tourne vers ses amis.

- Le sale bonhomme. Je le déteste !
- C'est rien qu'une sale brute méchante !
- En tout cas, ce n'est pas un vampire... enfin, je ne crois pas...
- Non... ça, c'est le plus bizarre. Ce type est un savant fou et pourtant, on dirait bien qu'il est le maître des lieux... mais vous l'avez entendu : il a dit *"l'autre affreuse"*. Il retient bel et bien l'infortunée princesse Rosalinde en otage et espère en tirer une bonne rançon. Comment ose-t-il lui manquer à ce point de respect ? Si seulement je pouvais lui donner une bonne leçon.
- Trouvons déjà la princesse.
- Vous avez raison. Remontons !

• Chapitre 8 •

Les Aventures sous terre de Crocoridiculos

Pendant ce temps, Crocoridiculos poursuit son petit voyage au centre de la Terre et on dirait bien qu'il en a encore pour un moment ...

• Chapitre 9 •

Une bien étrange princesse

Ce n'est pas un château, c'est un véritable labyrinthe ! C'est ce que se disent nos trois héros en arrivant devant un nouveau couloir. Pourtant, au détour de ce dernier, un chant mélodieux se fait entendre, un chant étrange et envoûtant.

- Le chant vient de là, derrière cette porte. Zut, elle est fermée !

En effet, la porte est solidement verrouillée par un loquet et un lourd cadenas.

- Princesse Rosalinde... chuchote Alexandre contre la porte sur laquelle il se met à tapoter. Princesse Rosalinde ? Etes-vous là ?

L'étrange chant s'interrompt brusquement.

- Princesse Rosalinde, m'entendez-vous ?
  Nous venons vous tirer des griffes de Terrifiscü le vampire...
- Ah ? répond soudain la voix mélodieuse de l'autre côté de la porte.
  C'est très aimable. Faites, je vous prie.
- Dieu merci, vous allez bien ! Eloignez-vous de la porte, princesse.
  Nous allons essayer de l'ouvrir.
- Oui, mais comment ?
- Eh bien... voyons voir... là ! Sur cette armure ! Une hallebarde !
  Nous allons l'utiliser comme levier pour faire sauter la serrure. Rufus aide-moi.
  Si tu pèses de tout ton poids sur la hallebarde, ça devrait marcher. Là... maintenant Rufus !

CRRAAAC !

Ça a marché ! Dans un bruit sec, la serrure vient de céder sous la pression. Il ne reste plus qu'à pousser contre la porte.

- Vous êtes libre, Princ... aaaaaaah !

Dans la pièce, nos héros font face à la plus étrange des créatures. Une créature à ce point extraordinaire qu'ils sont encore tout effrayés et stupéfaits par leur découverte. Pourtant, elle ne semble leur vouloir aucun mal. De sa voix mélodieuse et enjoleuse, elle tente de les rassurer.

- De quoi avez-vous peur ? Je ne vous veux aucun mal. Vous venez me délivrer, non ?
- Mais... mais... qu'est-ce... qu'est-ce que vous êtes ? Je veux dire qui êtes vous ?

Alexandre rassemble tout le courage qui lui reste et entre dans la cellule. La créature est encore enchaînée au mur et tant qu'elle le restera, Alexandre pourra dominer sa peur.

- Mon nom est Mila. Je suis une sirène des neiges, mi femme, mi-hermine.

Au bout de sa chaîne, l'étrange créature se déplace avec la grâce d'un félin. Elle tourne sur elle-même avec élégance. Elle est extraordinairement belle d'une certaine façon, mais son regard et la moitié de son corps sont là pour rappeler à ceux qui l'approchent qu'ils courent un grand danger. Attire-t-elle les humains de son chant pour les dévorer, comme le font les sirènes des récits de marins ?

- Je suis désolée de n'être pas celle que vous recherchez, la princesse...
- Ro... Ro... Rosalinde...
- Oui, c'est cela. Toutefois, je suis bien contente que vous veniez me délivrer.
- Je ne comprends plus rien... nous pensions délivrer une princesse, prisonnière de Terrifiscü le vampire et ... et...
- Et au lieu de cela, vous tirez une sirène des neiges des griffes du professeur Louffe, un savant fou. Je vous suis infiniment reconnaissante.
- Mais pourquoi vous retient-il prisonnière ?
- Il espère me vendre à un cirque, comme "curiosité" et financer ainsi ses stupides recherches. Je crois qu'il veut créer une race de robots guerriers.
- Oui, il est d'une cruauté répugnante avec ses robots. Nous avons vu ça.
- Peu importe, il peut arriver d'une minute à l'autre et je ne suis pas encore tout à fait libre.

La sirène des neiges montre maintenant sa lourde chaîne qui la retient encore prisonnière. Son regard mystérieux se fait alors plus interrogatif.

- Oui, nous allons vous libérer. Il faut faire sauter ces chaînes avec la hallebarde.

Alexandre s'approche de la sirène, comme l'on entre dans la cage d'un tigre. La belle créature prépare-t-elle quelque traîtrise ? Va-t-elle s'attaquer à ses sauveurs, sitôt libérée ? Après tout, elle n'a aucune raison d'aimer les humains.

- Je me nourris de petits animaux... exclusivement, lâche-t-elle alors, avec un sourire moqueur.

Il faut y aller, se dit Alexandre. Nous verrons bien.

- Rufus, viens m'aider !
- Oooh... b... bon... z'arrive...
- Quelqu'un vient ! J'entends du bruit !
- Qui va là ? hurle le professeur Louffe à l'autre bout du couloir. En avant, vous autres ! Cherchez ! ordonne-t-il aux robots-limaces qui l'accompagnent et qui se mettent immédiatement à la recherche des intrus.
- Depêchez-vous, bon sang !

Un des maillons de la lourde chaîne cède enfin. La sirène des neiges est libre.

- Je vous serai éternellement reconnaissante pour ce que vous venez de faire. Maintenant, sortons d'ici !
- Par là ! Descendons par cet escalier.

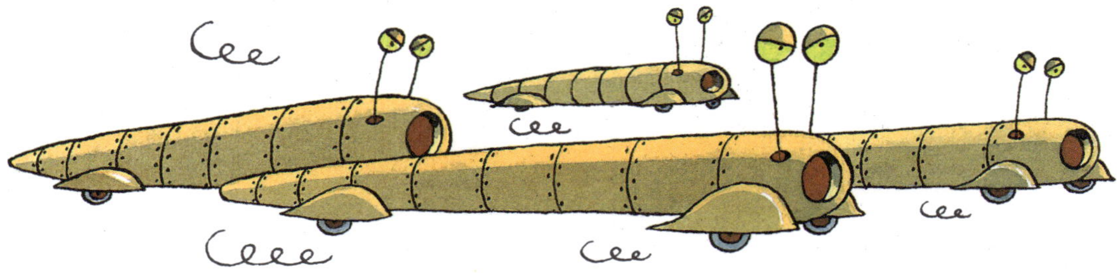

Derrière eux, les robots-limaces se sont lancés à leurs trousses et le grincement de leurs roulettes se fait de plus en plus menaçant. Plus loin, le professeur Louffe les encourage de sa voix haineuse et stridente.

- Nous arrivons dans le laboratoire !
- Vite ! On dirait que ces saletés peuvent aussi descendre des escaliers !

Cet escalier mène en effet directement dans la sinistre salle que nos amis connaissent déjà. Malheureusement, rapides comme l'éclair, les petits robots sont déjà sur leurs talons et viennent les prendre de vitesse en bloquant toutes les issues du laboratoire. Maintenant, les limaces les encerclent et projettent soudainement dans leur direction d'immenses filets qui les entravent aussitôt ! Alexandre, Rufus et Mila se débattent comme ils le peuvent, mais plus ils tentent de s'en débarrasser, plus ils s'y empêtrent. Seul Mankpa Dpath parvient à passer sans difficultés à travers les mailles de sa prison. Il évite de justesse une des limaces et court se réfugier dans une buanderie voisine.

Le professeur Louffe vient à son tour de faire irruption dans le laboratoire et se lance aussitôt à la poursuite de l'araignée en criant à ses limaces :

- Ne vous occupez pas de ce microbe ! Je m'en charge ! Il va finir sa triste vie écrasé sous la semelle de ma chaussure. Où te caches-tu, vilaine bête ! Ha ! Te voilà !

Le pied de l'immonde professeur Louffe vient frapper le sol à quelques millimètres seulement de l'araignée. Mankpa Dpath ne s'échappe que de justesse et bondit sur l'évier, puis sur l'appui de la fenêtre pour échapper aux coups de talons rageurs du savant fou.

- Je vais t'avoir, sale bête ! Ou je ne m'appelle plus Gaspard Louffe !

Sur ces menaces, le vieux fou saisit un savon de Marseille et le lance vers Mankpa Dpath avec une adresse inattendue. Le savon fait mouche et emporte la malheureuse araignée par la fenêtre.

• Chapitre 10 •

Le Retour de Mankpa Dpath

Dans les douves du château, le pauvre Mankpa Dpath revient lentement à lui. La tête lui tourne horriblement, mais après quelques efforts, il parvient quand même à ouvrir un œil. Malheureusement, il n'aura produit tous ces efforts que pour se rendre compte avec effroi qu'il est encerclé par les monstrueux robots du professeur Louffe.

- OH ! REGARDEZ ! CRUIK-BLOK ! LA-JOLIE-PETITE-ARAIGNÉE !
- C'EST-VRAI ! ELLE-EST-ADORABLE ! BRUIK-BRUIK ...
- COMME-SES-PETITES-PATTES-SONT-FINES-ET-DÉLICATES ! CLOK !
- J'ESPÈRE-QU'ELLE-NE-S'EST-PAS-FAIT-MAL. SCRUIC...

Tous ces robots sont plus effrayants les uns que les autres, avec leurs bosses et leurs membres manquants, mais de toute évidence, Mankpa Dpath n'a rien à craindre d'eux. Malgré lui, le professeur Louffe semble très doué pour créer des robots sympathiques, charitables et animés de bonnes intentions.

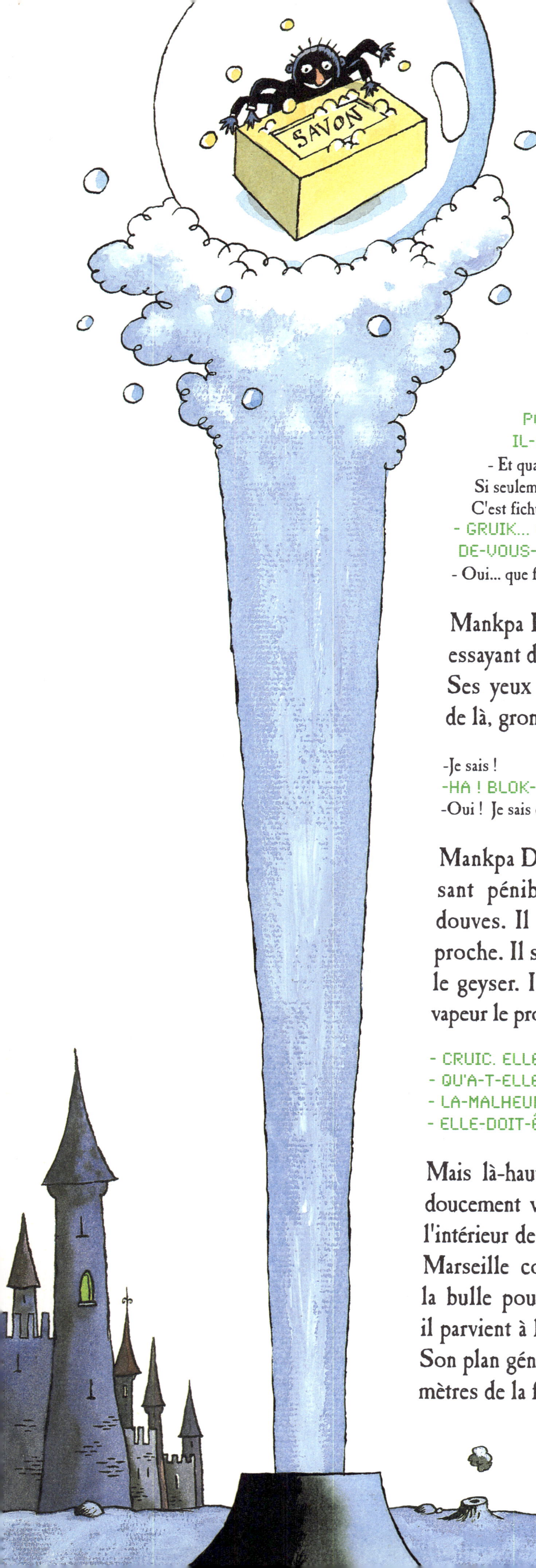

Rassurée, l'araignée revient à la triste réalité.

- C'est effroyable ! Mes amis sont prisonniers de ce fou furieux maintenant. Comment les tirer de ce mauvais pas ? Grumpf, je me déteste. Je ne suis qu'un nabot. Une minuscule araignée inutile !

- MINUSCULE... BRUIK-ZGRUK... MAIS-ADORABLE. VRUIK-BLIK... JE-PENSE-QUE-QUAND-ON-NE POSSÈDE-PAS-LA-FORCE... CRUIK ... IL-FAUT-MISER-SUR-SON-INTELLIGENCE.

- Et quand on est riquiqui et débile, qu'est-ce qu'on fait ? Si seulement c'était Alexandre qui était à ma place. Lui trouverait quoi faire. C'est fichu. Mes amis sont perdus et c'est à cause de moi.

- GRUIK... CELA-ME-FAIT-DE-LA-PEINE-DE-VOUS-VOIR-COMME-ÇA...

- Oui... que ferait Alexandre s'il était à ma place ?

Mankpa Dpath se ressaisit. Il regarde tout autour de lui en essayant d'imaginer qu'il est Alexandre le petit débrouillard. Ses yeux tombent sur le savon de Marseille, et non loin de là, grondent les geysers.

-Je sais !

-HA ! BLOK-ZPUIT... VOILÀ-QUI-EST-MIEUX.

-Oui ! Je sais ce que ferait Alexandre !

Mankpa Dpath se précipite vers le savon et tout en le poussant péniblement devant lui, il escalade le versant des douves. Il poursuit ensuite sa route vers le geyser le plus proche. Il s'agrippe alors fermement au savon et le place sur le geyser. Il attend quelques secondes puis, l'explosion de vapeur le projette dans les airs, à la grande stupeur des robots.

- CRUIC. ELLE-EST-FOLLE.

- QU'A-T-ELLE-FAIT ?

- LA-MALHEUREUSE-PETITE-ARAIGNÉE.

- ELLE-DOIT-ÊTRE-PULVÉRISÉE.

Mais là-haut, dans le ciel, une bulle de savon retombe très doucement vers le sol et MIRACLE ! Mankpa Dpath est à l'intérieur de cette bulle, serrant toujours très fort le savon de Marseille contre lui. A l'aide de ses pattes, il tape contre la bulle pour la diriger. Poussant même comme un damné, il parvient à la mener en direction de la fenêtre du laboratoire. Son plan génial marche à merveille. Il n'est plus qu'à quelques mètres de la fenêtre. Ça y est ! Il entre dans le laboratoire.

Le savant fou lui tourne le dos, tout occupé à savourer sa joie en contemplant ses prisonniers.

- Hé! Hé ! Je pense qu'il n'y a rien à tirer de ce gros chat de gouttière, mais un beau petit garçon comme toi... tu dois bien avoir des parents ? Combien seront-ils prêts à payer pour te récupérer ? Quel est ton nom, petit voyou ? Hein ? Tu refuses de parler ?

Soudain, Alexandre aperçoit Mankpa Dpath flotter dans les airs. Mais que fabrique-t-il ? Il frotte quelque chose avec énergie... On dirait un savon... oui, c'est bien ça ! Mankpa Dpath est dans une bulle de savon. Il fait mousser son savon pour agrandir cette bulle. Mankpa Dpath dirige sa bulle vers l'immense cerceau dans lequel le robot était emprisonné tout à l'heure. La bulle grossit à vue d'oeil et vient se coller sur le cerceau et lentement, elle épouse sa forme, le remplit et...

- Bon sang ! s'écrie Alexandre devant cet ahurissant spectacle.
- Quoi ? fait le savant en se retournant pour voir la cause de tant de stupeur. Il tombe alors nez à nez avec la plus effroyable des araignées géantes qui se puissent imaginer et hurle sa terreur. Tendue à l'intérieur du cercle de métal, la bulle de savon produit l'effet d'une loupe prodigieuse. Mankpa Dpath semble faire cent fois sa taille. Et pour ajouter au spectaculaire de son apparition, l'araignée grimace et grogne le plus horriblement possible.

GRRooAA... AARRHH !

- DIS DONC P'TITE TÊTE, TU VEUX QUE J'T'AIDE À FAIRE DES MISÈRES À MES POTES ?

Devant un tel monstre, le professeur Louffe perd le contrôle de ses nerfs.Il recule en hurlant et en agitant les bras devant lui. Bientôt, il se tient juste devant la trappe qui sert à expédier les robots dans le vide.

- Nooooon ! C'est impossible !

BOOOUUH !
fait alors Mankpa Dpath.

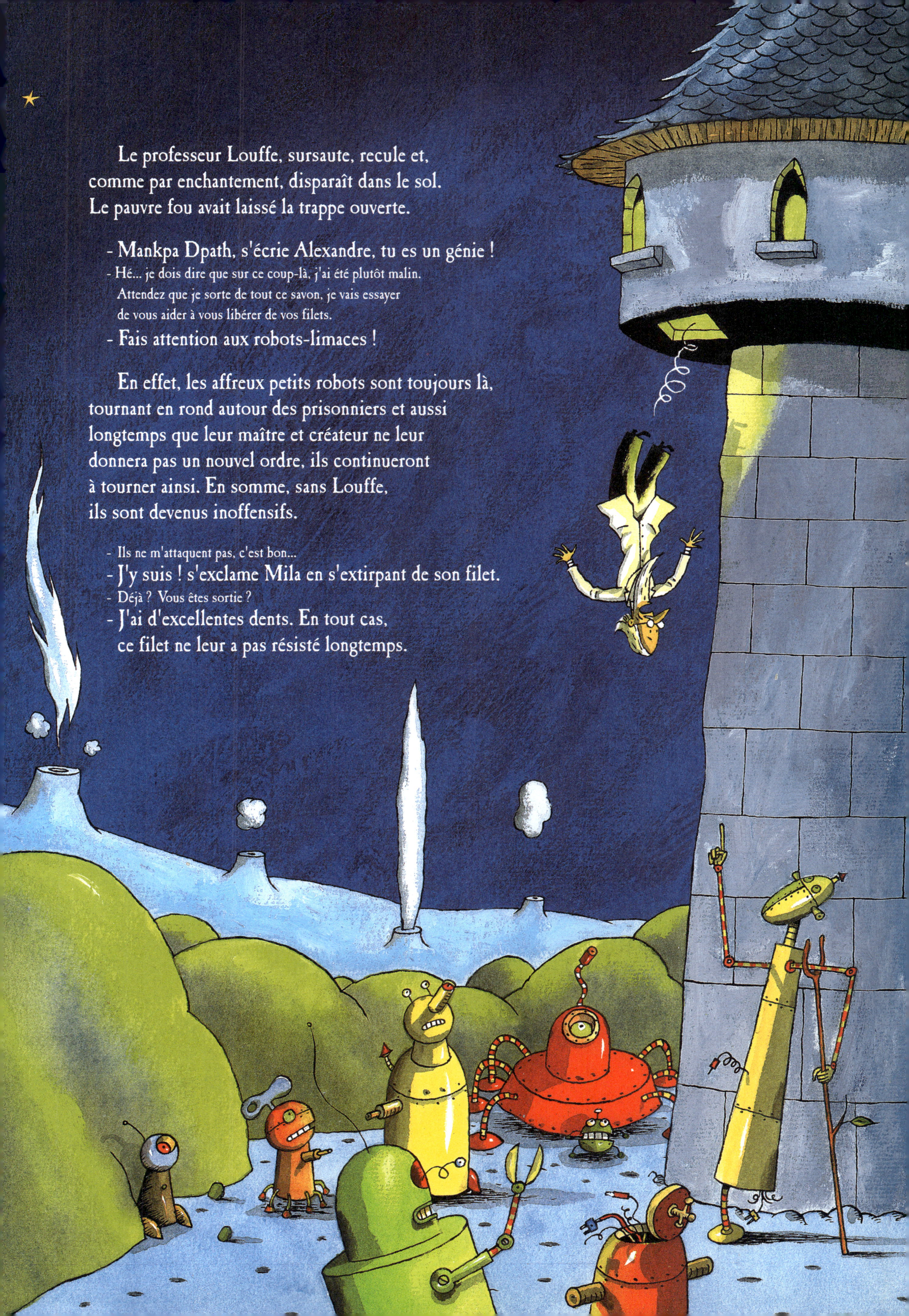

Le professeur Louffe, sursaute, recule et, comme par enchantement, disparaît dans le sol. Le pauvre fou avait laissé la trappe ouverte.

- Mankpa Dpath, s'écrie Alexandre, tu es un génie !
- Hé... je dois dire que sur ce coup-là, j'ai été plutôt malin. Attendez que je sorte de tout ce savon, je vais essayer de vous aider à vous libérer de vos filets.
- Fais attention aux robots-limaces !

En effet, les affreux petits robots sont toujours là, tournant en rond autour des prisonniers et aussi longtemps que leur maître et créateur ne leur donnera pas un nouvel ordre, ils continueront à tourner ainsi. En somme, sans Louffe, ils sont devenus inoffensifs.

- Ils ne m'attaquent pas, c'est bon...
- J'y suis ! s'exclame Mila en s'extirpant de son filet.
- Déjà ? Vous êtes sortie ?
- J'ai d'excellentes dents. En tout cas, ce filet ne leur a pas résisté longtemps.

Dans les douves, c'est au tour du professeur Louffe de reprendre connaissance après sa vilaine chute. Il ne compte plus ses bosses, mais ce n'est pas là son principal problème. Non, non, son principal problème, il le découvre lorsqu'il ouvre les yeux et se voit soudainement encerclé par ses créatures rejetées, ces dizaines de robots qu'il a si mal traités.

- CRUIC-ZBLUIK... VOUS-VOYEZ-CE-QUE-JE-VOIS ?
- MAIS-OUI... BLOK-BRUIPT... J'AI-UN-PETIT-COMPTE-À-RÉGLER-AVEC-LUI.

Menaçante, la horde de robots s'approche en cliquetant et en grinçant.

- Nooon, pitié ! Ne me faites pas de mal ! Je... je... aaaaaah !

Malgré toutes ses bosses et ses contusions, le professeur Louffe se redresse, et dans un long hurlement s'enfuit en courant sans demander son reste. Bon vent ! Les robots éclatent de rire en le voyant disparaître ainsi, plus grotesque que jamais.

- DIS... BLUIK... TU-LUI-AURAIS-VRAIMENT-FAIT-DU-MAL, TOI ?
- ZBROK... PENSES-TU, JE-NE-FERAIS-PAS-DE-MAL-À-UNE-MOUCHE !

Chapitre 11

Et c'est ainsi que ...

Le professeur Louffe laisse dans sa fuite un immense et sinistre château vide. Dans les douves, il laisse aussi des dizaines de ses créatures. Leurs vies d'esclaves et de parias viennent de se terminer aujourd'hui. Aidé par Rufus, Alexandre leur ouvre en grand les portes du château.

- Ce château est désormais le vôtre !
- ZGLOK-CREUK-CREUK... NOUS-AVONS-UNE-MAISON...
- BRUIK... HA ! FINIS-LA-PLUIE-LA-ROUILLE-ET-LE-FROID.

C'est un vrai bonheur de les voir partir à la découverte de leur nouveau "chez eux". Grâce à leur bonne volonté, leur gentillesse et leur bonté naturelle, ils vont enfin rendre ce château agréable à vivre.

- Nous aussi, il nous faut rentrer chez nous... soupire Alexandre avec un air un peu triste.

- Oui ! Ze veux plus voir de monskres et de vampires !

- Nous n'avons pas vu de vampire... c'est étrange d'ailleurs. Nous n'avons trouvé ni Terrifiscü, ni la princesse Rosalinde et pourtant, nous avons vécu une aventure incroyable ! Nous avons sauvé une sirène des neiges, nous avons vaincu un épouvantable scientifique et nous avons libéré une armée de gentils robots. Et tout ça par accident ! Dans le fond, nous avons été des héros par hasard. Et puis, Rufus et moi avons trouvé ici, le meilleur des amis : vous, Mankpa Dpath.

- Je suis fier moi aussi d'avoir trouvé des amis tels que vous, Alexandre et Rufus.

- Nous viendrons vous rendre visite tous les étés !

- Et vous serez les bienvenus !

Mankpa Dpath réalise soudain qu'il va devoir retourner vivre seul dans son château.

- Bon, bon... il ne me reste plus qu'à rentrer... je vais retourner vivre dans mon grand château glacial, tout seul... vous me manquerez mes amis, en attendant que revienne l'été.

- Allons, ne soyez pas triste. N'oubliez pas que depuis aujourd'hui, vous êtes Mankpa Dpath le Téméraire ! Vous avez été magnifique ! Grandiose !

Mankpa Dpath ne se sent plus de joie et d'orgueil en entendant ce compliment.

- Hum... c'est vrai... je crois que je peux être assez fier de moi. après tout, j'ai été plutôt courageux...
- Très courageux ! Extraordinairement courageux ! fait une petite voix sensuelle.
- Hein ? Qui parle ?
- C'est moi... Mankpa Dsil ! dit alors une très grâcieuse araignée qui descend le long de son fil jusqu'à Mankpa Dpath.
- Waaoooh... et vous ne vous ennuyez jamais, ici, toute seule ?
- si : ENORMEMENT !

Les longs cils de la ravissante petite créature se mettent à battre et Mankpa Dpath est déjà sous le charme. On dirait bien que le moment est venu pour Alexandre et Rufus de s'éclipser.

- Viens, Rufus, laissons-les et allons dire adieu à Mila.
- Bah ! Où est-elle passée ?
- Je crois qu'elle avait des choses à récupérer avant de partir... tiens ! La voilà !
- Je m'en vais. Je retourne dans le monde des sirène des neiges. C'est un monde de secrets, vous savez. Le secret est la seule chose qui nous protège des hommes et de leur cupidité. Comprenez-vous bien ce que je veux vous dire ?
- Oh... oui, vous ne voulez pas que nous racontions partout que nous avons vu une sirène des neiges, c'est ça ?

- Les sirènes des neiges n'existent pas. Aussi longtemps que les hommes croiront cela, nous serons à l'abri de leur folie.
- Nous dirons que nous avons délivré une jeune femme normale... enfin, je veux dire...
- J'ai compris. Je sais que je peux vous faire confiance. Tenez, ceci est pour vous. Louffe me l'avait volé et je suis allée le récupérer.

Mila tend à Alexandre un bijou, une très belle pierre rouge sertie sur un collier d'argent.

- Oh... c'est très gentil... je le donnerai à ma mère.
- Non, il est pour vous. Ce n'est pas un bijou ordinaire. Cette pierre possède un pouvoir unique. Le jour où vous en aurez réellement besoin, elle exaucera deux vœux pour vous.
- Une pierre magique ?
- Vous n'avez pas l'air de me croire, oubliez-vous que je ne suis pas une femme... normale ?
- Si, je vous crois, Mila.
- Encore une chose avant que je disparaisse...
il n'y a jamais eu de vampire Terrifiscu, ni de princesse Rosalinde.
- Hein ? Et comment le savez-vous ?
- Cela fait partie des pouvoirs des sirènes des neiges. Il y a beaucoup de choses que nous savons. Adieu maintenant et merci pour ce que vous avez fait pour moi, même si c'est le hasard qui m'a mis sur votre chemin !

En quelques bonds souples et élégants, Mila quitte le château et disparaît dans le paysage.

- C'est incroyable, Rufus... l'aventure existe vraiment. Mon père avait bien tort.
- Elle m'fichait un peu la trou-trouille à moi, Mila...
- Gros bêta ! Allons rentrons à la maison maintenant.

Epilogue

- Brigadier, regardez ! Là bas !
- Bon sang, oui !
  On dirait bien un petit garçon
  et un gros chat blanc.
- C'est incroyable,
  ils seraient encore en vie.

- Eh ! Vous ! Etes-vous Alexandre et Rufus ?
- Oui, oui ! Et vous, qui êtes-vous ?
- Je suis le brigadier Durocher et voici les sapeurs Mouilleton et Bulot.
- Vous êtes des pompiers ?
- Oui, des pompiers et nous sommes à votre recherche depuis des jours ! Mais où diable étiez-vous passés ?
- Oh... nous étions juste en train de sauver une jeune femme... une jeune femme extraordinairement belle, n'est-ce pas, Rufus ?
- Oui et même qu'elle était aussi très normale, avec deux jambes et tout et...
- Elle était retenue prisonnière par un savant fou.
- Mais que me racontez-vous ?
- La vérité vraie. Vous voyez, le dada de ce savant, c'était de créer des robots tueurs, mais il n'était pas très doué pour ça.
- C'était un sale bonhomme ! Il fichait la trou-trouille !
- Ça, c'est vrai aussi et nous y serions restés s'il n'y avait pas eu Mankpa Dpath le Téméraire pour nous tirer de ce mauvais pas !
- Mankpa Dpath ? De quoi parlez-vous ? Qui est-ce ?
- Mankpa Dpath ? Comment vous expliquer... euh ! Alors... c'est...

Mais laissons Alexandre et Rufus à leurs explications et replongeons sous terre une dernière fois. Retournons dans le ventre de la Terre et laissons passer du temps. Laissons passer six ou huit semaines ou même davantage encore, peu importe. Laissons passer de longs et pénibles jours pour Aristide Crocoridiculos, des jours passés à chercher une sortie à ces maudits tunnels et des dizaines de repas composés d'étranges fruits. Pauvre Crocoridiculos ! La vie sous terre ne lui a guère profité. Il n'est plus que l'ombre de lui même, aimaigri, dégoûtant et couvert de boue, mais aujourd'hui enfin, son calvaire prend fin. Oui, Crocoridiculos, après des semaines d'enfer, aujourd'hui enfin, tu vas trouver la sortie de ces tunnels.

- Ha ! Ha ! Le jour ! Je vois le jour. Ouille, mes yeux !

Encore un effort, Crocoriculos. Ça y est. Sens l'air libre, le vent et le soleil sur ta peau, écoute les oiseaux qui sifflent gaiement et vois tous ces arbres qui t'entourent et ces gens qui approchent.

- Des gens ! Ha ! Ha ! Je suis sauvé ! Ha ! H... Bon sang, on dirait qu'il y a beaucoup de Chinois dans les parages. Il n'y a même que des Chinois ! Nom d'un p'tit bonhomme ! Je suis en Chine !

Eh oui, Crocoridiculos, tu ne te trompes pas pour une fois. Tu es bien en Chine et si tu veux un conseil, tu ferais mieux d'y rester, parce que Monsieur Beaumanoir ne t'a pas payé pour que tu démontres à son fils que la vraie aventure, tu sais : l'Aventure avec un "A" grand comme ça, eh bien, que cette aventure-là existe vraiment ! Oh ! Non ! Il ne t'a pas payé pour ça, si tu te souviens bien. Alors, imagine ce qu'il te ferait s'il te retrouvait un jour. Tu vois le tableau ? Alors, prends goût à la cuisine chinoise, mon vieux, parce que tu es mieux là, crois-moi. Fais quand même juste attention à une chose : c'est en Asie que l'on fabrique les plus beaux sacs en peau de croco.

- Ou-you-youille...

Tu l'as dit !

FIN